RÉPERTOIRE DRAMATIQUE
De l'Enfance et de la Jeunesse.

THÉATRE DE M. COMTE.

AUGUSTA,

OU

Comme on corrige une jeune Personne,

COMÉDIE-VAUDEVILLE EN DEUX ACTES,

PAR M. SIMONNIN.

TROISIÈME SÉRIE.

A PARIS,
CHEZ J. BRÉAUTÉ, LIBRAIRE-ÉDITEUR,
PASSAGE CHOISEUL, N° 60.

AUGUSTA,

OU

COMME ON CORRIGE UNE JEUNE PERSONNE;

COMÉDIE-VAUDEVILLE EN DEUX ACTES,

PAR M. SIMONNIN,

REPRÉSENTÉE, POUR LA PREMIÈRE FOIS A PARIS,
SUR LE THÉATRE DES JEUNES ÉLÈVES
DE M. COMTE,
Le 5 Décembre 1832.

Paris.
J. BRÉAUTÉ, ÉDITEUR,
Librairie de l'Enfance et de la Jeunesse,
PASSAGE CHOISEUL, N. 60.

1833.

PERSONNAGES.

M. FORBACK, homme veuf, Bourgeois aisé.
AUGUSTA, sa Nièce.
Pierre DURAND, Maçon.
NANETTE, sa Nièce, Servante chez M. Forback.
BELLEPOINTE, Prétendu de Nanette.
Ouvriers et Marchands des deux sexes.

La scène est à Paris, chez M. Forback.

(Le théâtre représente un salon. A droite, la porte de la chambre d'Augusta.)

(Le même décors pendant les deux actes.)

AUGUSTA.

ACTE PREMIER.

SCÈNE PREMIÈRE.

UN ÉPICIER, UN PATISSIER, UNE COUTURIÈRE, UNE MARCHANDE DE MODES, AUTRES MARCHANDS, *tenant tous leurs mémoires à la main; ensuite* NANETTE.

CHOEUR.

Air du *Maçon*.

C'est urgent, c'est urgent,
Soldez-nous nos mémoires !
C'est urgent, c'est urgent,
Il nous faut de l'argent!...
Il est bon de briller,
Mais il faut nous payer ;
Pour nous, c'est par trop de déboires !
Nous fumes indulgents,
Mais vous êt's négligents,
Et nous devenons exigeants!
Il nous faut de l'argent!
Pour nous le moment est urgent ;
Oui, certe, il nous faut de l'argent!

NANETTE.

Mais, mon Dieu! quand vous crierez d'ici à d'main : D'largent! d'largent! on n'peut pas vous en donner, puisqu'on n'en a pas!...

LES MARCHANDS.

Fallait pas prendre notre marchandise!...

UN MARCHAND.

Rendez-moi mes pains de sucre.

UN AUTRE.

Rendez-moi mes bougies.

UN AUTRE.

Rendez-moi mes sirops.

NANETTE.

Vos bougies sont usées, vos sirops sont bus, votre sucre est fondu.

LE PATISSIER.

Et moi, ma pâtisserie?

NANETTE.

Et vot' pâtisserie est mangée.

TOUS.

En ce cas, payez-nous! payez-nous!

NANETTE.

Revenez demain, M. Forback sera de retour, et si, comme je l'présumons, il consent à payer les folies de sa nièce, alors il vous paiera.

UN MARCHAND.

A la bonne heure, parce que d'abord....

Reprise du chœur.

C'est urgent, c'est urgent, etc.

(*Le chœur sort.*)

NANETTE.

Ah! mon Dieu! mon Dieu! quelle esclandre que d'entendre comme ça crier des créanciers! j'étions si tranquilles ici avant qu'monsieur s'fût avisé de partir, et d'laisser à sa nièce le gouvernement d'la maison...

SCÈNE II.

NANETTE, PIERRE *en costume d'ouvrier maçon entrain de déjeûner.*

NANETTE.

Tiens! vous v'là, mon oncle! Est-ce qu'il est déjà neuf heures?

PIERRE.

Pardine, sans ça, j'serions pas à déjeûner.... Et comme j'n'ai que c'moment-là de disponible, j'en profite pour venir voir si M. Forback est de retour?

NANETTE.

Pas encore, mais ça ne tardera pas; j'crois ben qu'il arrivera aujourd'hui, s'il a reçu la lettre que j'y ons fait écrire par le portier.

PIERRE.

Ah ! tu y as fait écrire ?

NANETTE.

C'est pas l'embarras, j'y aurais ben écrit moi-même, mais c'est qu'il n'aurait peut-être pas pu lire mon écriture, parc' que j'n'écris qu'en...

PIERRE.

En fin ?

NANETTE.

Non... en croix... j'écris tout en croix... je ne sais faire que ça, des croix... Quand il faut que je donnions ma signature, v'lan ! j'fais ma croix.

PIERRE.

Et tu la fais bien ?

NANETTE.

Très-bien !..... Oh ! pour ça, j'peux dire que j'ai une belle main..... Mais comme j'vous dis, pour que not' maître puisse mieux lire, c'est l'père Vincent, not' portier, qu'a écrit sous ma dictée.

PIERRE.

J'gage que c'était encore pour te plaindre de mam'selle Augusta.

NANETTE.

Précisément ! Ah ! mais c'est que vraiment elle en fait trop, cette petite demoiselle ; gn'y a pas moyen d'y tenir ;... c'est ce que j'ons mandé à son oncle.

PIERRE.

Voyons comment qu'tu as tourné ça?

NANETTE.

Oh! j'savons ma lettre par cœur!... l'père Vincent m'l'a lue avant de la cacheter... V'là c'qu'il y a d'dans :

Air du *Récit du premier acte de Léonide.*

« Monsieur, je prends la liberté
De mettre la main à la plume,
Pour vous dir' què j'ons un gros rhume :
Que j'prends d'la bourrache et du thé.
De plus, j'vous écris ces lignes,
Pour vous mander que l'épicier
Vient nous fair' des scèn's indignes,
Parc' qu'il est vot' créancier.
L'fruitier, l'pâtissier, l'confiseur,
La couturière et la modiste,
Le tapissier et le lampiste,
V'nont aussi crier, qu'ça fait peur!
Ces dépens's exagérées
Vienn'nt de c'que c'est l'carnaval,
Et qu'l'on donn' bals et soirées,
En vot' absenc', c'est bien mal!...
Votre nièc' fait ça pour briller,
Ell' chérit le lux', la dépense;
J'voulais lui fair' quéqu' remontrance,
Mais elle a voulu m'congédier.
Car cette nièc' qui vous aime,
Nous mèn' tous, et finira,

Monsieur, par vous m'ner vous-même :
C'est moi que je vous dis ça !...
Du reste, rien d'nouveau, mon maître,
Si c'n'est qu'j'ons un grand mal de dent,
Avec lequel j'ai l'honneur d'être
Votre servant', NANETT' DURAND. »

PIERRE.

Alors gn'y a pas d'doute que M. Forback va arriver.

NANETTE.

N'est-c' pas qu'j'ons bien fait de l'informer de c'qui s'passe?

PIERRE.

Mais dame !... c'était ton devoir.

NANETTE.

Mais, par exemple, faut nous attendre qu'au premier moment mam'selle Augusta m'f'ra donner mon congé... Avec ça qu'all' dit que j'n'ons pas assez bonne tournure pour la servir... que j'ons l'air d'une fille d'auberge, d'une servante de cabaret, et patati, et patata !..

PIERRE

C'est une petite maîtresse, quoi ! mais sois tranquille, son oncle s'opposera à ce qu'elle te renvoie, parc' qu'il est content de toi, cet homme ; et c'est un bon maître, qui n'souffrira pas que mam'selle Augusta, sous *prétesse* qu'elle est une orgueilleuse, fasse une injustice à quoiqu' ça soit.

NANETTE.

Vous êtes sûr que M. Forback est satisfait d'mon service ?

PIERRE.

La preuve, c'est que quand j'y ons dit qu'j'allais te marier, il en a été content, et il s'est informé de ton prétendu...

NANETTE.

Oui, d'mon prétendu que je n'connais pas encore !..

PIERRE.

Oui, mais M. Forback le connaît; il dit qu'c'est un joli parti pour toi... C'est M. Bellepointe, l'épinglier.

NANETTE.

M. Bellepointe !.. Ah ! ça quand donc qu'je l'verrai ?.. car enfin, j'pouvons pas l'épouser, sans l'avoir vu.

PIERRE.

Vot' première entrevue à tous les deux, se fera aujourd'hui; j'ai la permission de l'faire venir ici dès que le bourgeois s'ra arrivé.

NANETTE.

Ah ! j'vas donc voir aujourd'hui pour la première fois, M. Bellepointe, mon prétendu...

PIERRE.

Épinglier-fabricant...

(*On entend Augusta appeler dans la coulisse.*)

NANETTE.

Ah! mon Dieu! j'crois qu'jentends mam'selle!..

PIERRE.

Eh ben! quand ça s'rait elle?..

NANETTE.

Allez-vous-en vite, mon oncle! qu'elle n'vous trouve pas ici!..

PIERRE.

Bah!.. Et pourquoi donc ça?..

SCÈNE III.

LES PRÉCÉDENTS, AUGUSTA.

AUGUSTA, *appelant d'un ton de petite maîtresse.*

(*Dans la coulisse.*) Nanette! Nanette! Pourquoi ne venez-vous pas?.. (*Elle entre.*)

Air : *Tout dans l'Univers.*

Depuis le matin
J'appelle en vain!
Peut-on me servir de la sorte!...
Vous m'indisposez!
Vous me déplaisez!
Et vous m'obsédez
Par vos procédés!...
La colère me transporte!

Mais sachez bien entre nous
Qu'un jour vous prendrez la porte.

NANETTE.

Mon Dieu ! d'quoi vous plaignez-vous ?

AUGUSTA, *vivement.*

De quoi je me plains !.. de quoi je me plains !..

Depuis le matin, etc.

Pourquoi êtes-vous ici quand vous savez que je suis dans ma chambre à m'habiller ?

NANETTE.

Mam'selle, c'est que...

AUGUSTA, *ironiquement.*

Encore *mam'selle !..* Vous ne pourrez donc jamais dire *mademoiselle ?..* (*Apercevant Pierre.*) Ah ! bonjour, brave homme...

PIERRE.

Serviteur, mam'selle.

AUGUSTA.

Oui, mais voyez-vous, il ne faut pas venir si souvent voir votre nièce, ça la dérange de son ouvrage... Et puis vos vêtements sont remplis de poussière de plâtre, ça salit tout ici...

PIERRE, *à part.*

Elle a toujours comme ça quelque chose d'honnête à dire...

AUGUSTA.

Et vous-même, mon cher, cela vous fait perdre du temps... L'ouvrier est fait pour travailler...

PIERRE.

Eh! parguienne! je l'savons bien, qu'l'ouvrier doit travailler...

AUGUSTA.

C'est moi qui vous dis cela.

PIERRE.

Il y en a bien d'autres qui devraient travailler, et qui ne font rien...

AUGUSTA.

Qu'est-ce que c'est?

PIERRE.

C'est moi qui vous dis ça.

AUGUSTA.

A-t-on jamais vu!..

PIERRE.

Air : *A soixante ans.*

Fait's attention que j'suis pèr' de famille!
De c'titre-là du moins je suis certain;
De ma pauvr' sœur j'élève encor la fille,
Avec mes bras j'leux gagne à tous du pain! (*Bis.*)
J'trouve étonnant que votre orgueil me raille,
Autour de moi quand j'fais un peu de bien! (*Bis.*)
Gn'y a quarante ans que je travaille,
Gn'y a seize ans que vous ne faites rien.

NANETTE, *bas à Pierre.*

Vous avez bien fait d'lui river son clou...

AUGUSTA.

Je crois vraiment que cet individu veut me faire la leçon!..

PIERRE.

Individu! individu vous-même! (*A Nanette.*) Elle m'appelle individu!.. (*A Augusta.*) Si vous n'étiez pas une demoiselle de votre sexe...

AUGUSTA, *à Nanette, avec colère.*

Vous voyez, mademoiselle, à quoi vous m'exposez... en faisant venir ici cet homme!.. à être insultée chez moi!..

PIERRE, *se radoucissant.*

Pardon, excuse, mam'selle... Mais c'est qu'aussi vous nous avez vexés... vous m'avez appelé individu!..

NANETTE, *à Augusta.*

J'vous assure, mam'selle, que j'sommes ben fâchée...

AUGUSTA.

Vous êtes une impertinente!.. que je vais renvoyer de chez moi...

NANETTE, *bas à son oncle.*

Ah! quand j'dis chez elle!..

AUGUSTA.

Air : Voyez sur cette roche.

Taisez-vous, péronnelle !. . .

PIERRE.

Pour elle j'vous demand' son pardon.

AUGUSTA.

Ici l'on n'a pas raison,
Quand on veut prendre un ton !

NANETTE.

Si vous êtes, mam'selle,
La maîtress', comme je le voi,
Je jure ici sur ma foi
D'suivre en tout votre loi !...

AUGUSTA.

Venez !... venez, je serai prompte
A faire votre compte !...
Suivez-moi !...

(*Augusta entre dans sa chambre, suivie de Nanette.*)

SCÈNE IV.

PIERRE, BELLEPOINTE.

PIERRE, *avec ironie.*

Eh ben, elle est aimable la petite demoiselle?.. elle a un charmant caractère !..

BELLEPOINTE, *en veste et en casquette.*

Ah! le voilà... j'en étais sûr! quand j'ai vu qu'il n'était pas dix heures, j'ai dit : je le trouverai auprès de sa nièce.

PIERRE.

Et comment qu'ça va, garçon?

BELLEPOINTE.

Bien! et vous, père Pierre?.. Ah ça! à propos, je devais attendre, pour venir ici, le retour du patron; mais ma foi, moi, je ne peux plus y tenir, faut que j'voie ma future!.. je brûle de la connaître, je ne l'ai jamais vue.

PIERRE.

J'entends bien... mais c'est que pour le quart-d'heure, elle est occupée avec sa maîtresse... qui, par parenthèse, vient d'nous faire une scène!... soignée!.. enfin suffit!..

BELLEPOINTE.

Ah!..

PIERRE.

Ah ça! mais dites-moi donc, mon cher Bellepointe, fallait donc vous requinquer un brin! vous venez ici en veste et en casquette, comme si vous étiez dans vot' fabrique à faire vos épingles...

BELLEPOINTE.

Eh bien! et vous donc, père Pierre?.. m'semble que vous n'êtes pas non plus dans les élégants.

PIERRE.

C'est différent, moi, j'suis comme d'la maison, puisque ma nièce d'meure ici... mais vous, qui v'nez pour la première fois...

BELLEPOINTE.

Ma foi!.. je n'y ai pas pensé!..

PIERRE.

Il est vrai que vous n'saviez pas que M. Forback arrivait ce matin, et que vous pouviez le rencontrer...

BELLEPOINTE.

Comment! il va venir?

PIERRE.

On l'attend d'un instant à l'autre.

BELLEPOINTE.

En ce cas, je cours m'habiller.

PIERRE.

Un moment! puisque vous v'là... d'ailleurs il n'est pas encore arrivé... on peut causer un brin... Vous dites donc qu'vous faites joliment vos petites affaires dans l'état d'épinglier...

BELLEPOINTE.

Mais oui... je ne me plains pas!..

PIERRE.

Au fait, vous n'pourriez vous plaindre qu'à vous-même, car je présume que personne ne vous a forcé d'embrasser cette partie-là plutôt qu'une autre.

BELLEPOINTE, *distrait.*

Hum?..

PIERRE.

La partie des épingles?..

BELLEPOINTE.

Mais j'ai naturellement du goût pour le piquant...

PIERRE.

C'est assez piquant.

BELLEPOINTE.

Air du vaudeville du *Dîner de Garçon.*

J'brûlais de m'lancer, mais avant,
Je fis comm' ce pilote sage
Qui r'garde où peut êtr' le bon vent,
Au moment d'se mettre en voyage!...
Puis, je m'dis: courag', mon enfant!...
V'là l'port vers lequel faut qu'tu cingles;
Mais n'allez pas croir', cependant,
Qu'ça soit tout's ros's; non, y a souvent
Bien des épin's dans les épingles!

PIERRE.

Voyez-vous, ça!..

BELLEPOINTE.

Au revoir, père Pierre! je vas bien vite faire un doigt de toilette afin d'être présentable à ma future et à son patron!..

PIERRE.

Eh bien! c'est ça! allez!.. il sera sans doute ici quand vous r'viendrez!..

BELLEPOINTE.

Quoique ça je serais bien curieux de voir ma future... Vous dites qu'elle est jolie?..

PIERRE.

Certainement!.. Allez donc vous requinquer un brin; tâchez d'être tiré à quatre épingles; ça n'doit pas vous coûter beaucoup à vous qu'en vendez.

BELLEPOINTE.

Allons, c'est dit!.. j'y vas!..

PIERRE.

Au revoir!..

BELLEPOINTE.

Au revoir, père Pierre! . (*Il sort.*)

SCÈNE V.

PIERRE, *seul.*

Franchement, je ne suis pas fâché que ce mariage-là se fasse; c'est un bon enfant, ce petit Bellepointe!.. Et puis Nanette sera établie, ça vaut toujours mieux qu'd'être en service!.. C'n'est pas qu'elle soit malheureuse ici!.. M. Forback est un si digne homme!.. Si ce n'était sa nièce, la mienne serait ici comme le poisson dans l'eau! mais c'te petite demoiselle Augusta est terrible!.. Elle dit qu'elle va lui donner son compte !.. ça ne m'effraie pas, moi, parce que je sais que le maître va venir, et qu'il n'entendra pas de c't'oreille-là ! Ah, mais ! c'est qu'il ne s'gêne pas avec sa parente... (*au public*) j'dis, M. Forback... il ne se gêne pas avec sa nièce... il va lui dire comme ça : Dis-donc, lui qu'il va dire, pourquoi donc qu'tu veux renvoyer Nanette, toi ?.. Est-c'que t'es chez toi, toi, pour la renvoyer d'chez moi, toi ?.. (*On entend venir Forback.*) Ah ! le v'là... queu bonheur !..

(*Il va au-devant de Forback.*)

SCÈNE VI.

PIERRE, FORBACK, NANETTE.

CHŒUR.

PIERRE et NANETTE.

Air : *Beaux jours de notre enfance.*

ENSEMBLE.

Le voilà, ce bon maître !
Le voilà ! le voila revenu !
Dès qu'il vient de paraître,
C'est l'bonheur qui nous est rendu.

FORBACK.

De vous je croyais être,
Mes amis, mes amis, mieux connu ;
Car c'est, au lieu d'un maître,
Un ami qui vous est rendu.

NANETTE.

Vous avez r'çu ma lettre?

FORBACK.

Elle m'a fait pleurer...

PIERRE.

Vous v'là; tout va se r'mettre!
Tout l'mal va s'réparer!...

Le voilà! etc.

FORBACK.

Ma chère Nanette, combien je te remercie de m'avoir averti... D'ailleurs les renseignements que je viens de recueillir m'ont prouvé que tout ce que tu m'as écrit n'est que trop vrai!...

NANETTE.

Du reste, monsieur, j'pouvons vous assurer qu'vot' nièce est sage, et qu'on ne peut lui r'procher aut' chose que son goût pour la dépense.

FORBACK.

Qui chez elle est orgueil, ostentation.

PIERRE, *tirant une grosse montre de cuivre.*

Ah! diable! moi qui m'amuse là... Et v'la dix heures!... (*Il salue et va pour sortir.*)

FORBACK.

Restez, Pierre, j'ai à vous parler....

PIERRE.

Pardon, excuse, not' bourgeois, c'est qu'voyez-vous à dix heures, faut r'prende le collier d'misère!...

FORBACK.

Restez, vous dis-je ; je vous dédommagerai..... Dis-moi, Nanette, quelles sont les personnes qu'Augusta invitait à ses soirées, à ses bals ?

NANETTE.

La vérité est que ce sont des personnes ben honnêtes; des anciennes amies d'pension, et leurs parents.

FORBACK.

A la bonne heure! mais alors tu aurais dû leur parler, leur faire entendre qu'en mon absence.....

NANETTE.

J'l'ons essayé!..... ah ben oui, mam'selle a dit qu'elle me chasserait... Ce sont ses propres mots!...

FORBACK.

Te chasser!....

PIERRE.

Tout-à-l'heure, elle voulait lui donner son compte!... Et moi donc, elle m'a joliment reçu!... elle m'a appelé individu!... Quoiqu'ça j'y en voulons pas; j'sommes seulement fâché qu'elle veuille renvoyer Nanette avant son mariage....

NANETTE.

J'aurions été glorieuse de sortir de chez vous avec le chapeau d'la mariée, l'bouquet d'fleur d'orange!...

FORBACK.

C'est aussi mon intention!... Et j'espère bien

que cela sera ainsi!... Cette enfant-là me cause bien de la peine!... mais je ferai tout... pour dompter son caractère!...

NANETTE.

Oh! pour du caractère, ça c'est vrai qu'elle en a! et un fier encore!

FORBACK.

A seize ans!...

PIERRE.

C'est pourtant vrai, cette demoiselle-là a déjà seize ans!... Qu'est-ce qui dirait ça à son âge?...

FORBACK.

Eh! mais, j'y pense! c'est aujourd'hui, aujourd'hui même, qu'elle les a!... Cela me rappelle que je lui ai dit plusieurs fois que le jour où elle aurait seize ans accomplis, je lui révélerais un secret. C'est la dernière volonté de sa mère, qui me fit promettre, en mourant, de lui donner pour époux... (*Il réfléchit.*) Allez, Nanette, allez dire à Augusta que je suis arrivé, que je désire lui parler à l'instant, et qu'il faut qu'elle vienne.

NANETTE.

Oui, monsieur, j'allons lui dire ça tout d'suite...

FORBACK.

Air de la *Contredanse de Corinthe.*

Allez, allez, sans plus attendre,
Dites-lui qu'elle vienne ici,

Sans cependant lui faire entendre
Quels sont mes projets aujourd'hui.
Oui, de sa main
On cherche l'alliance,
Mais je dois par prudence
Différer cet hymen!

NANETTE.

Votr' demoiselle
Est riche et belle,
Mais moi, quoiqu'ça,
Je plains bien l'mari qu'elle aura.

FORBACK et PIERRE.

Allez, allez, sans plus attendre,
Dites-lui, etc.

NANETTE, *sortant.*

Oui, oui, je vais, sans plus attendre,
Lui dire qu'elle vienne ici;
Sans cependant lui faire entendre
Quels sont vos projets aujourd'hui.

(*Elle sort.*)

SCÈNE VII.

FORBACK, PIERRE.

FORBACK, *à lui-même*

Cette jeune personne est incompréhensible! avec de l'esprit et de l'éducation, s'être rendue si coupable envers moi!.... M'avoir désobéi si impertinemment!... Avoir, au mépris de ma défense, sans nul égard pour la reconnaissance et le respect qu'elle me doit, avoir fait de ma maison un rendez-vous de plaisirs brillants!... ruineux!... car je viens d'être assailli par des fournisseurs dont les mémoires sont énormes!... La maudite enfant!...

PIERRE.

Le fond de son cœur est bon!... Ce n'est que l'envie de briller!...

FORBACK.

Oui, c'est en elle un travers...... (*avec énergie*) mais un travers dont je veux la guérir!... ou nous verrons!...

Air de la *Famille de l'Apothicaire.*

Son caractère offre vraiment
Une difformité profonde!

PIERRE.

C'est comm' qui dirait un enfant
Un peu bancale en v'nant au monde!

FORBACK.

Comment la guérir de cela ?

PIERRE.

Il faut, pour qu'ell' devienne ingambe,
R'dresser ce p'tit caractère-là,
Comm' d'un bancroche on r'dress' la jambe.

FORBACK.

Oui, puisqu'elle a osé me braver à ce point, je serai désormais pour elle d'une sévérité extrême!...

Même Air.

Des plus dures punitions
Je saurai l'accabler sans cesse !

PIERRE.

Faut bien des soins, des précautions,
Pour les travers de la jeunesse !...

FORBACK.

Non !... de frapper fort j'ai le droit.

PIERRE.

Prenez gard' !... pour la rendre ingambe,
Et la forcer de marcher droit,
Il n'faut pas lui casser la jambe !
Pour la forcer, etc.

FORBACK.

C'est que cette petite fille-là me met dans le plus grand embarras !

PIERRE, *s'oubliant.*

Corbleu ! monsieur..... (*Se calmant.*) Ah ! pardon, j'voulions dire : jarnigoi !... Si j'avions une nièce comme la vôtre !

FORBACK.

Eh bien, voyons, Pierre, que feriez-vous ?...

PIERRE.

Ah ! c'que j'ferais si mam'selle Augusta était ma nièce ?

FORBACK.

Oui ?...

PIERRE, *réfléchissant toujours.*

Je l'savons ben, c'que j'ferais ; mais pour ça,

faudrait que j'fussions son oncle!... parce qu'alors... voyez-vous.... quand une fois on a l'grappin sur quelqu'un... et que l'on peut... Ah! ça, mais j'y pense, puisqu'elle sait qu'vous avez un secret à lui dire aujourd'hui, sans savoir quoi que c'est, si, au lieur de ce secret-là, vous lui disiez aut' chose?....

FORBACK.

Comment?....

PIERRE, *réfléchissant.*

Plaît-il?...

FORBACK.

Qu'est-ce que vous dites?

PIERRE.

Monsieur?... Ah? c'que j'dis? Eh ben, je disais : si vous lui disiez aut' chose!...

FORBACK.

Expliquez-vous, Pierre!...

PIERRE, *ayant regardé ça et là.*

C'est qu'j'ons peur qu'ell' vienne, et qu'elle entende.

FORBACK.

Dites-moi cela tout bas....

PIERRE.

V'la donc quelle est mon idée..... (*Il lui parle bas à l'oreille.*) Voyes-vous, ça fait qu'ça f'ra que comme ça.... dame qui sait!...

FORBACK.

Très-bien, mon cher ami! très-bien, très-bien !.... Ce moyen-là doit réussir.... Vous avez de l'esprit naturel, beaucoup d'intelligence! ...

PIERRE, *embarrassé du compliment.*

Ah! dame!... vous entendez ben que d'puis quarante ans que j'manie des moellons... et des pierres de taille.... ça donne des idées...

FORBACK.

Mais celle-ci demande quelque préparation..... Je vais, dès que je serai seul avec la petite, la disposer.... peu à peu....

PIERRE.

Moi, j'vas aussi d'mon côté... me disposer....

FORBACK.

Silence!... la voici qui vient!...

Air des *Comédiens.*

C'est une enfant qui mérite le blâme,
Et quand il faut lui porter un grand coup,
Pour redresser les travers de son âme,
Peut-être à deux en viendrons-nous à bout?

PIERRE

C'que j'allons faire est vraiment assez drôle,
Mais d'réussir j'dois trouver le moyen :
Car si je suis embarrassé d'mon rôle,
Vot' nièce, monsieur, le s'ra bien plus du sien!...

ENSEMBLE.

C'est une enfant, etc.

(*Pierre sort par le fond.*)

(*Augusta entre par une coulisse.*)

SCÈNE VIII.

FORBACK, AUGUSTA.

AUGUSTA, *accourant.*

Ah! mon oncle! mon bon oncle! vous voilà de retour!... quel bonheur de vous revoir!... (*Elle lui saute au cou, et l'embrasse; Forback ne la repousse pas, mais il se laisse embrasser sans en témoigner aucune joie.*)

FORBACK.

C'est bien.... c'est très-bien.... j'aimerais mieux un peu moins de démonstrations d'amitié, et un peu plus de soumission.... d'obéissance...

AUGUSTA.

Ah! bien mon oncle, vous ne faites que d'arriver, et voilà déjà que vous vous mettez à gronder.... vous n'êtes pas gentil....

FORBACK.

Ah! c'est que tu n'es pas gentille non plus, toi, de mener ici un tel train, qu'on est obligé de m'écrire de revenir en toute hâte, pour mettre un terme à tes folies.

AUGUSTA, *d'un air étonné.*

Un train!... des folies!... Eh! mon Dieu! ne dirait-on pas que je vous ai ruiné!...

FORBACK.

Pourquoi vous êtes-vous permis de donner des bals en mon absence?

AUGUSTA, *d'un petit air aisé.*

Parce que, mon petit oncle, nous sommes dans le carnaval.

FORBACK.

Oui, mais quand je vous l'avais défendu en partant, je savais bien que nous n'étions pas dans le carême.

AUGUSTA.

J'ai donc commis un crime, pour avoir réuni quelques jeunes dames, quelques demoiselles, d'anciennes amies du pensionnat?...

FORBACK.

Si ce ne fût arrivé qu'une fois ou deux, c'eût été encore fort mal à vous, d'après ma défense; mais pendant trois semaines que j'ai été absent, vous avez donné dix-huit soirées, chantantes, dansantes....

AUGUSTA.

Eh bien!... dix-huit soirées en trois semaines, ce n'est pas une par jour!...

FORBACK.

Et comme, à chacune, il vous fallait une parure

nouvelle, outré les autres dépenses en musique, luminaire, collations, etc., le total des mémoires que l'on vient de me remettre, et qu'il faut que je paie, monte à 10,800 fr.

AUGUSTA, *vivement et comme lui démontrant un grand avantage.*

Y compris la couturière et la marchande de modes!... Ah!...

FORBACK, *froidement.*

Oui.

AUGUSTA, *comptant gaîment sur ses doigts.*

10,800 fr..... dix-huit soirées.... c'est à raison de 600 fr. par soirée, tout compris, ce n'est pas trop cher... Vous trouvez que c'est cher... tout compris!

FORBACK.

J'ai 6,000 fr. de rente, mademoiselle; vous m'avez dépensé en trois semaines, presque deux années de mon revenu.

AUGUSTA.

Moins 1200 fr.

FORBACK, *froidement.*

Puisque je dis *presque*..... Mais brisons-là..... Je vous ai fait venir pour toute autre chose; il s'agit d'un secret que je dois vous révéler.

AUGUSTA.

Ah! oui, vous m'avez dit, il y a quelque temps, que quand j'aurais mes seize ans accomplis...

FORBACK.

Si j'eusse trouvé en vous une jeune personne douce, modeste, chérissant mes volontés, j'aurais peut-être différé encore de vous l'apprendre..... Mais votre orgueil, qui va souvent jusqu'à l'impertinence envers vos inférieurs, ou ceux que vous croyez tels.....

AUGUSTA, *avec fierté.*

Comment!...

FORBACK.

Il n'est pas jusqu'à cette pauvre Nanette, que vous avez menacée de renvoyer..... jusqu'à Pierre Durand, honnête ouvrier, homme vraiment estimable, à qui vous avez dit.....

AUGUSTA, *avec ironie.*

Ah! l'on a porté plainte contre moi!

Air de *Partie et Revanche.*

Peu m'importe, je puis confondre
Les rapports de ce mal-appris!
Car je prétends ne lui répondre
Que par le plus profond mépris!....

FORBACK.

Vous, du mépris, cela m'étonne!...
Ah! de douceur prenez quelques leçons;
Et, croyez-moi, ne méprisons personne,
On ne sait pas ce que nous deviendrons.

AUGUSTA.

Quant à M. Durand, mon cher oncle, je ne sais pas ce qu'il vous a fait, mais vous avez pour lui une prédilection toute particulière; avant votre départ il venait tous les jours voir sa nièce et vous causiez avec lui. Aujourd'hui vous arrivez, j'accours pour vous voir; il m'avait devancée, et vous étiez déjà en grande conférence ensemble... Non! c'est que vous avez la manie d'aimer le petit monde!

FORBACK, *très-fort.*

Taisez-vous, mademoiselle!.... ou parlez-moi avec plus de respect!.... J'aurais pu, essayant de vous faire sentir la nécessité de l'économie dans un ménage, vous corriger de votre goût pour la dépense, si ce goût n'était produit en vous que par l'étourderie et l'inexpérience de votre âge; mais chez vous, c'est vanité!...

AUGUSTA, *étonnée.*

Mon oncle....

FORBACK.

Et puisque vous poussez ce vice du cœur jusqu'à la dureté envers une servante, jusqu'au manque de tous égards envers moi; puisqu'enfin vous n'avez pitié de personne, vous ne méritez pas qu'on ait pitié de vous..... Vous allez connaître le secret que j'ai à vous révéler.

AUGUSTA, *atterrée.*

Je vous écoute.

FORBACK.

Restez-là.... et attendez....

(Il va s'asseoir devant une table, et il écrit pendant tout ce qui suit.)

AUGUSTA, *pendant que Forbach écrit.*

Air de *Caleb.*

Que veut dire tout ce mystère ?
Hélas! je ne sais que penser!
Mon oncle paraît en colère,
Ici que va-t-il m'annoncer!
L'écrit que sa main trace
Est-il mon châtiment ?
Dois-je implorer ma grâce ?
(Avec orgueil.) Ma grâce!... oh! non, vraiment!
D'un tel mot mon orgueil s'irrite.

FORBACK, *tout en écrivant.*

Mais l'orgueil est de nos erreurs
Celle qui souvent à sa suite
Entraîne les plus grands malheurs.

ENSEMBLE.

(A part) Orgueilleux caractère!
Ah! c'est trop m'irriter!
La leçon est sévère,
Mais il faut te dompter.

AUGUSTA, *à part.*

Son regard est sévère,
Je ne sais que penser!
Il paraît en colère,
Que va-t-il m'annoncer!

AUGUSTA, *éloignée de Forback, qui finit d'écrire.*

Ah! mon Dieu! comme il a l'air courroucé!.....

(Ici Forbach se lève, tenant l'écrit qu'il vient de tracer, et se dirige vers Augusta.)

FORBACK.

Vous allez savoir votre sort.

AUGUSTA, *voulant tomber à ses genoux.*

Mon oncle !... pardon !...

FORBACK, *l'empêchant de s'agenouiller.*

Il n'est plus temps !.... (*Lui désignant la porte de droite.*) Allez dans votre chambre.... (*lui remettant l'écrit*) et lisez cette lettre !....

AUGUSTA, *ayant pris le papier.*

Mon cher oncle !.... de grâce !....

FORBACK.

Lisez, vous dis-je !... Lisez. (*Il lui montre, du doigt, sa chambre avec ordre d'y entrer.—Augusta, comme anéantie, entre dans sa chambre ; Forback sort par le fond du théâtre.*)

FIN DU PREMIER ACTE.

ACTE II.

SCÈNE PREMIÈRE.

AUGUSTA *seule; elle sort de sa chambre, tenant la lettre de Forback.*

Ah! grand Dieu! quelle révélation l'on m'a faite! Je me suis trouvée mal, j'ai appelé; Nanette est venue à mon secours, mais en vain je l'ai interrogée; il lui était défendu de me donner aucune explication sur cette lettre!...Cette lettre! comme elle est cruelle!.... comme elle est dure!.... On m'y parle avec un ton!... Hélas! je ne l'ai que trop mérité! relisons-la encore, puisqu'elle est ma punition!....

(*Elle lit:*) « Mademoiselle, la perte d'une fille » chérie m'ayant causé une grande affliction, je » croyais pouvoir la remplacer en fixant près de moi » un être qui, me devant tout, me donnerait en » échange, des soins, des égards, un tendre res» pect; cet être, c'était vous. Votre caractère ne » pouvant répondre à mes vues, il est juste que je » vous rende à votre véritable famille; vous êtes or» pheline de père et de mère, mais il vous reste un » parent, un oncle, c'est Pierre Durant; il est le » frère de feu votre père.... »

.... Est-ce bien possible!... c'est Pierre Durand... Oui, j'y pense maintenant, ces entretiens fréquents entre lui et M. Forback, ce matin encore, cet empressement à se voir, à se parler... Et dire que sans mes torts, on m'aurait peut-être encore caché.....

Air de *Caleb.*

Funeste écrit! que vient-il de m'apprendre!...
Mes yeux, mon cœur, veulent-ils me tromper?
Est-ce bien moi, moi qui devais m'attendre
Au coup qui vient de me frapper!...
De mes destins voilà donc qui décide!..
Ah! je le vois? ce n'est pas une erreur!...
Peut-on passer par un trait plus rapide
D'un sort prospère à l'excès du malheur!...

SCÈNE II.

AUGUSTA, BELLEPOINTE *en toilette.*

BELLEPOINTE *pendant qu'Augusta est accablée de réflexions.*

C'est sans doute la maîtresse de mademoiselle Nanette.... Attendons qu'elle s'en aille....

AUGUSTA, *anéantie.*

Je suis la nièce de Pierre Durand! d'un simple ouvrier!....

BELLEPOINTE, *à part, très-étonné.*

La nièce de Pierre... oh! oh!... il paraît qu'elle est cossue!.... Ah! c'est là ma pretendue!.... Ma fine, on a bien raison de dire qu'à Paris les femmes de chambre sont aussi coquettes que les maîtresses!... Ah! c'est la nièce de Pierre!....

AUGUSTA, *toujours à elle-même.*

Pierre Durand est mon oncle!...

BELLEPOINTE.

Peste! pour la nièce d'un maçon!... c'est du calé!... N'importe, approchons. Mademoiselle, j'ai bien l'honneur.

AUGUSTA.

Qui est là?... que demandez-vous?....

BELLEPOINTE.

Rassurez-vous, ma belle future, c'est votre oncle qui m'envoie....

AUGUSTA.

Qui, mon oncle?....

BELLEPOINTE.

Pardine, votre oncle le maçon; je ne vous en connais pas d'autre.

AUGUSTA.

Comment!... Cet homme saurait déjà!... Monsieur Forback aurait-il....

BELLEPOINTE.

M. Forback?... je ne l'ai pas vu, je n'ai vu que

votre oncle, qui m'a dit que c'était arrangé pour notre mariage, et que nous n'avions plus qu'à nous fréquenter pour nous connaître, et savoir si en *définitif* nous sommes susceptibles de nous adorer l'un pour l'autre....

AUGUSTA, *impérieusement.*

Qu'est-ce à dire?...

BELLEPOINTE, *reculant.*

Oh! là, là!... v'là un qu'est-ce à dire qu'est joliment impérieux!... Ne vous fâchez pas, jeune personne altière et comme il faut! car vous êtes bien mise tout de même!....

AUGUSTA.

Voyons, monsieur, que voulez-vous? parlez.

BELLEPOINTE.

Puisque je suis votre prétendu, il est bien facile de le deviner, ce que je veux; je veux être votre mari, et que vous soyez ma femme, si ça vous convient.....

AUGUSTA, *impatientée.*

Eh! non, monsieur, cela ne me convient nullement!... Je ne pense pas à me marier... et encore moins avec vous qu'avec tout autre.....

BELLEPOINTE.

Excusez!.. alors, n'en parlons plus! Oui, mais quoique ça, faut pas tant faire la dédaigneuse, mam'selle Durand... vot' serviteur!.. J'men vas...

mais auparavant, j'ai un conseil à vous donner... C'est de n'pas prendre les airs de votre maîtresse, parce que ça n'est pas bien.

AUGUSTA, *à part.*

Que va-t-il me dire, il me prend pour Nanette?.. je ne comprends plus...

BELLEPOINTE.

Oh! je la connais votre maîtresse! d'en avoir entendu parler s'entend, car je ne l'ai jamais vue; mais on raconte d'elle des choses qui ne lui font pas trop d'honneur d'abord.

AUGUSTA.

Que dit-on sur le compte de mademoiselle Augusta?

BELLEPOINTE.

Air du *Baiser au Porteur*.

On dit qu'à sa coquetterie
Le plus sot orgueil s'est mêlé,
Que d'voir sa ridicul' manie,
Monsieur Forback est désolé;
Ce bon monsieur est vraiment désolé!
On dit qu'cett' demoisell' si fière
D'son bienfaiteur cause à tort l'tourment;
Qu'elle devait l'aimer comme un père,
Lui qui l'aimait comme son enfant!

AUGUSTA.

Comme tout ce que j'entends me fait mal, comme je souffre!..

BELLEPOINTE.

Enfin, on dit encore...

AUGUSTA, *très-émue.*

Air de la *Clochette,*

C'est assez! (*Bis.*)
Dieu! quel trait de lumière!..
Ah! je sais (*Bis.*)
Ce qui me reste à faire!...
C'est assez!...

(*Elle sort par le fond du théâtre.*)

SCÈNE III.

BELLEPOINTE, *seul.*

C'est assez, c'est assez!.. tant qu'il lui plaira; mais elle aurait bien pu me dire autre chose!.. Ce n'était pas la peine d'aller si bien m'habiller... Quand j'vas voir le père Pierre, il ne risque rien, je lui ferai compliment de sa Nanette!.. Elle est gentille sa Nanette!.. elle ne m'a pas tant seulement regardé!.. Ah! justement le voici...

SCÈNE IV.

BELLEPOINTE, PIERRE.

PIERRE.

Ah! vous v'la, Bellepointe! *(Examinant la toilette de Bellepointe.)* Ah, ben! à la bonne heure! vous êtes joliment endimanché comme ça...

BELLEPOINTE, *à part.*

Pour ce que ça m'a servi...

PIERRE.

Eh ben?.. avez-vous vu quelqu'un?..

BELLEPOINTE.

Oui... je viens de voir votre nièce.

PIERRE.

Vous avez vu Nanette?

BELLEPOINTE.

J'ai même eu avec elle un joli entretien, allez!..

PIERRE.

Ah!.. Eh ben!..

BELLEPOINTE.

Eh ben?..

PIERRE.

Qu'est-c' qu'elle vous a dit?

BELLEPOINTE.

Ce qu'elle m'a dit?.. C'est assez, c'est assez, c'est assez!..

PIERRE.

V'là tout?..

BELLEPOINTE.

A peu près..

PIERRE.

Ah, dame! écoutez donc! c'est qu'elle est sage et honnête, voyez-vous c'te jeunesse!.. et j'vois c'que c'est, elle s'aura troublée c't'enfant... parc'que vous sentez qu'une jeune personne à qui qu'on a inculqué des principes de vertu et de morale... et d'innocence pour... à seule fin... Suivez-moi ben, Bellepointe...

BELLEPOINTE.

Allez toujours, j'vous suis...

PIERRE.

Pour... à seule fin... et quand une jeunesse voit pour la première fois celui qui doit lui donner un rang dans l'monde...

BELLEPOINTE.

Et dans les épingles...

PIERRE.

Oui... mais enfin...

BELLEPOINTE.

Enfin, enfin, qu'elle m'a fait l'effet d'être fière et glorieuse, là, puisqu'il faut vous le dire.

PIERRE.

Mais non!.. encore une fois, j'vous dis qu'c'est la timidité!..

Air de *Préville et Taconnet.*

Oui, ma Nanette est vraiment bonne fille,
A qui qu'ce soit ell' n'parle avec dédain;
Nous somm's tous francs, c'est un' vertu de famille,
Nous avons le cœur sur la main. (*Bis.*)
Mais cependant je ne m'étonne guère
Qu'avec froideur elle vous ait reçu;
Oui, c'est l'usag', pour prouver sa vertu,
Une jeune fille est toujours un peu fière
Quand ell' paraît devant son prétendu.

BELLEPOINTE.

Ah! oui, je comprends... surtout quand c'est la première fois...

PIERRE.

Voilà, c'est qu'c'était vot' première entrevue.

BELLEPOINTE.

Alors, je ne demande pas mieux que de l'épouser; mais faites-lui une petite semonce en manière de réprimande, à seule fin qu'elle me reçoive mieux la première fois...

PIERRE.

Tenez, mon cher Bellepointe, vous allez sans doute la trouver à la cuisine, ou dans l'antichambre; allez lui faire vous-même les petits reproches qu'elle mérite..

BELLEPOINTE.

Vous avez raison, sa mauvaise humeur sera sans doute passée; aussi j'y vas tout de suite... Je ne vous dis pas adieu!.. *(Il sort.)*

SCÈNE V.

PIERRE, *seul.*

Allez, mon garçon, allez!.. Ah! ça, voyons maintenant! v'là donc que j'sommes l'oncle de mam'selle Augusta! je n'sais pas trop comment qu'elle a pris ça, mais j'gagerions ben qu'ça gn'y a pas fait plaisir infiniment... La voici... rappelons-nous qu'j'allons tous les dimanches voir des mélodrames, et tâchons d'jouer la comédie!..

SCÈNE VI.

PIERRE, AUGUSTA.

AUGUSTA, *sans voir Pierre, qui se tient à l'écart.*

Toutes mes instances pour parler à mon bienfaiteur ont été inutiles; il ne veut pas me recevoir!.. *(Pleurant.)* Avec tout cela je ne sais pas ce que je vais devenir, moi!..

(Elle pleure et ne voit pas Pierre.)

PIERRE, *à part.*

Air : *Garde à vous !*

Parlons-lui ! (*Bis.*)
A cett' jeune personne !...

AUGUSTA, *à elle-même.*

Ma force m'abandonne !...
Dieu ! quel jour qu'aujourd'hui !...

PIERRE, *à part.*

Allons, ferme !... Parl s-lui !...
C'est drôl' ! je m'sens tout chose...
C'est à peine si j'ose...

AUGUSTA, *l'apercevant.*

Ciel ! c'est Durand ! c'est lui !

PIERRE, *s'avançant.*

En avant !... Parlons-lui !

AUGUSTA.

Ciel ! c'est lui !..

PIERRE.

Eh ben ! mam'selle, vous savez enfin finalement., l'fameux sécret.

AUGUSTA.

Oui... on m'a dit ce matin...

PIERRE.

Gn'y a qu'à c'matin itou q'jons appr.s la chose... J'savions ben que feu défunte ma sœur, qu'est morte, avait laissé une petite fille appelée Marianne !.. On m'avait dit dans les temps qu'son enfant était morte en nourrice !.. point du tout ! vous allez voir.. V'là qu'la nourrice avions été itou la nourrice d'un autre enfant que M. Forback avait eu d'feu défunte ma'me Forback, qu'est morte d'puis qu'elle est décédée... Vous allez voir... Vl'à qu'monsieur Forback, désolé d'être veuf sans enfants, parce qu'il aime beaucoup les enfants... moi, ça m'fait pleurer comme un enfant!. vl'à donc qu'il dit à la nourrice, qu'était une bonne grosse maman bien réjouie ma foi, d'ailleurs vous d'vez ben la connaître puisqu'elle était vot' nourrice; vl'à donc qu'il lui dit un jour : Dîtes donc, Marie-Jeanne, qu'il lui dit, confiez-moi vot' petite nourrissonne, en parlant de vous; quand a s'ra sevrée, toujours en parlant de vous, j'la f'rons élever, j'lui donnerons d'l'inducation, et ça s'ra ma fille!..

AUGUSTA, *pleurant.*

De grâce, monsieur!..

PIERRE.

Vous allez voir... Qui fut dit fut fait. Alors, il y a d'ça un mois ou deux, M. Forback me disait : Pierre, qu'il s'en allait, un jour j'vous dirai un secret... qui vous touche de près... et qui pour vous n's'ra pas sans attrait... Monsieur est bien bon, que j'lui fais.. et ma fine v'là donc qu'tantôt il m'a dégoisé la chose, qui fait que j'sommes instruit q'c'est vous qu'êtes Marianne... Et voilà!..

AUGUSTA, *à elle-même, en pleurant.*

Il me repousse!.. il ne veut plus me voir!...

Air : *Pour le trouver je vais en Allemagne.*

Ah ! si du moins dans mes tristes alarmes
J'avais encor ma mère en quelques lieux,
Oui, sa tendresse, en essuyant mes larmes,
Pardonnerait mes torts qui sont affreux !...
Car je le crois, même dans sa colère,
Jamais le ciel, jamais un Dieu clément
N'a refusé le pardon d'une mère
Au repentir d'un malheureux enfant !...

PIERRE, *à part.*

V'la-t-y pas que c'te pauv' petite m'fait pleurer aussi, moi !..

AUGUSTA.

Ce n'est point de vous appartenir que je me trouve malheureuse !.. mais je regrette l'amitié de celui qui fut mon protecteur !..

PIERRE, *à part.*

Allons, voyons! r'prenons notre courage!..(*Haut.*) Ah ! dame, écoutez donc, not' nièce, c'est vot' faute aussi !..

AUGUSTA.

Voilà ce qui m'afflige le plus.

PIERRE.

Moi, au contraire, ça m'fait plaisir, et j'vas vous dire pourquoi : Depuis qu'Nanette vot' cousine est en...

AUGUSTA.

Ah! Nanette est... ma...

PIERRE.

Certainement qu'Nanette est vot' cousine, puisque j'suis son oncle itou... J'vous disais donc que d'puis qu'elle est en service, j'suis forcé d'aller dîner au cabaret, parc' que not' femme est malade, voyez-vous!.. not' femme, Madeleine, vot' tante enfin; vot' tante Madeleine, quoi donc!.. faut pas tourner la tête pour ça!.. Eh ben! elle est au lit, c'te pauv' Madelon!.. de sorte que j'suis obligé d'manger à l'auberge... Au moins, quand j'vous aurons à la maison, vous m'f'rez la soupe...

AUGUSTA.

Qui?.. moi?..

PIERRE.

Eh ben! oui, vous!.. faudra ben qu'vous ayez cette bonté-là, ou j'verrons!.. Tiens!.. vous n'ferez ni plus ni moins qu'la nièce de Thomas et la fille de Jaqu'line, qui f'sons la soupe à leux hommes; et elles ne s'croyons pas déshonorées pour ça!.. Mais, par exemple, vous faudra un autre costume que ça; plus de bagues aux doigts, ni de...

AUGUSTA.

Oui, monsieur Pierre...

PIERRE.

Air de *Madame Grégoire.*

Plus d'joyaux brillants,
De cach'mir' qui rich'ment s'déploie:
Un' rob' de guingans,
Un p'tit schall de bourr' de soie;

Bonnet rond, tablier.
Ah! dam' l'ouvrier
Ne brille pas par la toilette,
Il brill' par un' conscienc' bien nette;
C'sont là les diamants
Dont s'par'nt les honnêt's gens.

AUGUSTA.

Oui, monsieur Pierre...

PIERRE.

Ah ça! mais dites donc, vous m'paraissez encore ben farce, vous, avec vot' monsieur Pierre; est-c'que vous n'pourriez pas dire mon oncle?.. croyez-vous qu'ça vous écorcherait la langue?

AUGUSTA.

Je ne suis pas encore assez familière avec cette idée...

PIERRE.

Oh! vous aurez l'temps d'vous y faire!.... Mais si vous voulez que j'soyons bons amis, faut quitter vos magnières de grande dame; quand on est la nièce d'un maçon, y n'faut pas être fière!.. En vous comportant bien, vous n's'rez pas malheureuse : dans la semaine vous m'apporterez mon déjeûner et mon dîner dans les endroits où c'què j'travaillerons; et puis l'dimanche, dans la saison où c'que l'bâtiment ira bien, et qu'on gagnera sa vie, tu mettras une petite volaille à la daube, ou en fricassée, avec des carottes. Je l'aime mieux avec des carottes, moi... Et toi, ma petite Marianne!..

AUGUSTA, *pleurant.*

Ah, mon Dieu!.. mon Dieu!..

PIERRE.

Tu l'aimes p't-êtr' mieux rôtie, à cause du rissolé... C'est bon le rissolé... Ah, dame! mon enfant, n'faut pas t'attendre que tu mangeras des mets recherchés comme les gens riches...

Air du *Vaudeville de Fanchon.*

Ni poulets, ni bécasses;
Faudra qu'tu nous fricasses
Du bœuf, du mouton, du porc frais.

AUGUSTA, *à part, pleurant.*

Ma douleur est amère!...
Comment vivrai-je désormais!

PIERRE.

Avec des pomm's de terre,
Du lard et des navets!...

AUGUSTA, *pleurant toujours.*

Mon Dieu! que j'ai peu de courage! il faut pourtant se résigner...

PIERRE.

Allons, voyons, ma nièce, faut pas pleurer comme ça...

AUGUSTA, *essuyant ses yeux.*

Non, monsieur... (*Se reprenant.*) Non, mon oncle!..

PIERRE.

A la bonne heure!..

SCÈNE VII.

LES PRÉCÉDENTS, FORBACK.

(*Augusta essuie ses yeux, et ne voit pas Forback, qui reste derrière, et fait des signes d'intelligence à Pierre.*)

PIERRE, *bas à Forback.*

Air de *Léonide.*

Ça va bien !... (*Bis.*)
Notre remède opère !...
Nous avons, je l'espère,
Pris le meilleur moyen.

AUGUSTA, *à elle-même, ne voyant pas Forback.*

De vains plaisirs étaient ma seule étude,
De tous devoirs je méprisais la loi ;
Mon cœur payait d'ingratitude
Celui qui fut un bon père pour moi.

PIERRE.

Mieux qu'ce matin votre penser s'ajuste
A c'que vous d'vez à votre bienfaiteur.

AUGUSTA.

C'est à l'école du malheur
Qu'on apprend à devenir juste.

ENSEMBLE.

PIERRE et FORBACK.

Ça va bien !..., etc.

AUGUSTA, *à elle-même.*

Ah ! combien (*Bis.*)
Un repentir sincère
Change le caractère !...
J'en juge par le mien !..

PIERRE, *à Augusta.*

Ainsi, v'la qu'est dit, n'est-y pas vrai, vous viendrez chez nous ?

AUGUSTA.

Oui, monsieur..... mon oncle.....

FORBACK, *derrière.*

Elle est devenue bien polie !...

PIERRE, *à Augusta.*

C'est que, comme j'avais l'honneur de vous le dire....

FORBACK *le tire par le pan de sa veste.*

Eh bien !...

PIERRE, *bas à Forbach.*

Ah ! c'est vrai.... j'pensions plus à mon rôle, moi.... (*A Augusta.*) Enfin vous savez qu'ma femme est malade, qu'il lui faut des soins; si vous pouviez v'nir tout d'suite ?

AUGUSTA.

Je suis prête.

PIERRE.

Vous allez faire vot' paquet.

AUGUSTA.

Rien ici ne m'appartient; je n'emporterai rien !... pas même les regrets de celui qui m'a tenu lieu de père.... (*Elle pleure.*)

FORBACK, *à lui-même, toujours sans être vu d'Augusta.*

Décidément, voilà une petite fille qui n'est pas reconnaissable....

PIERRE, *à Augusta.*

C'est égal, faut toujours lui faire vos adieux...

AUGUSTA.

C'est pour cela que j'avais demandé à le voir.... Quand j'ai su qu'il me refusait absolument, je me suis décidée à écrire cette lettre, qui n'est pas encore cachetée.... (*Elle tire une lettre de son sein.*)

PIERRE.

Ah!... Eh ben, j't'en félicitons, ma p'tite Marianne; c'est une bonne idée qu't'as eue là....

FORBACK, *bas à Pierre.*

Dites-lui donc qu'elle vous en fasse lecture....

PIERRE, *bas.*

A moi?...

(*Forbach lui fait un signe affirmatif.*)

AUGUSTA.

Je la lui ferai remettre par Nanette..... par ma cousine....

PIERRE.

Et quoi qu'tu lui chantes là-d'dans, à c'bon M. Forback?

AUGUSTA.

Si vous le désirez, je puis vous en faire lecture?...

(*Forbach fait signe à Pierre d'accepter.*)

PIERRE.

Mais dame! puisque je suis ton oncle, tu ne dois pas écrire de lettres sans que j'sache..... d'quoi qu'il retourne....

AUGUSTA.

Voici ce que j'écris.... à M. Forback.

(*Pendant qu'Augusta a les yeux sur sa lettre, Forback s'avance doucement, prend la place de Pierre, de manière qu'Augusta, en lisant, s'adresse à Forback croyant s'adresser à Pierre.*)

AUGUSTA *lisant.*

« Monsieur,

» Le secret de ma naissance m'en a dévoilé
» un plus important encore, en me montrant l'é-
» normité de mes torts envers vous !... envers vous,
» qui m'avez comblée de vos bienfaits, dont je
» n'ai pas su profiter, et auxquels j'ai si mal ré-
» pondu !..... Si un repentir, hélas ! trop tardif,
» pouvait expier mes fautes, vous me permettriez,
» sans doute, de vous embrasser avant de partir ;
» mais non !.... je n'en suis pas digne !.... Adieu,
» adieu, monsieur, puissiez-vous un jour pardonner
» à la pauvre Augusta, qui se trouve bien moins
» malheureuse de sa nouvelle condition, que des
» regrets de sa conduite passée !....

» Je vous salue avec le plus profond respect,

» AUGUSTA. »

FORBACK.

C'est très-bien !... je suis content !

AUGUSTA.

Quoi ! monsieur, vous étiez là ?...

SCÈNE VIII ET DERNIÈRE.

LES PRÉCÉDENTS, BELLEPOINTE ET NANETTE, *qui sont venus pendant la lecture de la lettre.*

TOUS.

Air de *Michel et Christine.*

C'est charmant! c'est charmant!...
La jeune fille est corrigée!
Et son âme est changée
Comme par un enchantement.

FORBACK.

J'ai vu dans ce jour qui m'enchante
Deux Augusta dans ma maison :
La première, fière et méchante :
L'autre, rendue à la raison.
Je ne trouvais aucun air de famille
A la première ; elle était, en honneur,
Une étrangère à mes yeux, pour mon cœur ;
Mais que celle-ci soit ma fille !...

(Il l'embrasse.)

TOUS.

(Reprise du Chœur.)

C'est charmant! etc.

FORBACK, *joyeux.*

Tudieu! quelle métamorphose!... Je ne me doutais pas que notre petite comédie aurait un dénoûment si....

BELLEPOINTE.

Si romantique?...

FORBACK.

Non, si classique.

AUGUSTA.

Ah! que je suis heureuse!... Vraiment, tout cela n'était qu'une épreuve?

FORBACK, *sévèrement.*

Oui, mais une épreuve qui deviendrait pour toi plus triste que la vérité, si tu me forçais à la renouveler.

AUGUSTA.

Oh non! jamais! mon bon oncle! mon père! je suis entièrement changée! je vous le jure!

FORBACK, *radouci.*

Je te crois, mon enfant.

BELLEPOINTE, *à Augusta.*

Comme ça, mam'sellle, vous me pardonnez d'vous avoir prise tantôt pour vot' servante?

PIERRE.

Et moi, d'avoir voulu vous faire accroire qu'vous étiez ma nièce Marianne?

AUGUSTA.

J'excuse tout; j'ai moi-même tant besoin de pardon!... Pour vous prouver que je ne suis plus ni petite maîtresse, ni paresseuse, je veux, avec la permission de mon oncle, faire emplette de la robe de noce de Nanette, et j'y travaillerai, ici...

(*Joie de Nanette et Bellepointe.*)

FORBACK.

J'y consens !.....

BELLEPOINTE, *à Nanette.*

Alors, mam'sellle Nanette, si on fait pour vous emplette d'une robe de noce, faut que je fasse emplette d'une femme.

NANETTE, *lui donnant la main.*

Et moi d'un mari !....

PIERRE.

V'là ma nièce fabricante d'épingles ! j'espère que c'est un mariage qui n'est pas piqué....

TOUS.

CHŒUR FINAL.

Air : *Du grand Buffon honorons la mémoire.* (Final du Cuisinier de Buffon.)

Le repentir d'Augusta nous prouve
Que l'on corrige plus d'une erreur
Chez l'enfant auquel on ne trouve
Que mauvaise tête et bon cœur.

AUGUSTA, *au public.*

Air : *Si ça t'arrive encore.*

Malgré cette forte leçon
A laquelle je fus sensible,
Ici, messieurs, le croirait-on,
Je suis vraiment incorrigible !
Orgueil, désir d'un luxe vain,
Sont des torts que j'abhorre ;
Et pourtant j'espère demain
Recommencer encore.

FIN.

LISTE DES PIÈCES

CONTENUES DANS CHAQUE SÉRIE.

PREMIÈRE SÉRIE.

(de 6 à 9 ans.)

La Muette des Pyrénées.
Marie Brouillon.
Le Chat Botté.
Un Jour d'Audience.
Henri IV en Famille.
La Cuisine au Salon.
La petite Somnambule.
C'est l'Un ou l'Autre.
Une Soirée.
Finette.
La Pendule.
La Reine de six Ans.
Racine en Famille.

Sous presse, 2e. édition :

Un Jour de Médecine.
Le Mari de cinq Ans.
Les Sœurs de Lait.

SECONDE SÉRIE.

(de 9 à 12 ans.)

Les trois Fils de la Veuve.
Le Jeune Grec.
Les Petits Savoyards.
La Jeune Marraine.
Le Tilbury et la Charrette.
Les Deux Théodore.
Les Blés et les Fleurs.
Brune et Blonde.
Les Petits Braconniers.
Les Fils du Rempailleur.
Le Livre Vert.

TROISIÈME SÉRIE.

(de 12 à 16 ans.)

Un Demi-Siècle.
Les Deux Mousses.
Le Remplaçant.
La Comédie au Château.
Napoléon à Brienne.
Noblesse et Roture.
Les Ricochets.
Trois États en un Jour.
Une Première Faute.
L'Abbé de l'Épée.
La Saisie et le Bal.
L'Audience du Roi.
Augustus.
Une Mère.

Toutes les pièces se vendent séparément.

— IMPRIMERIE DE BLASSAN ET COMP., RUE DE VAUGIRARD, 15. —

www.ingramcontent.com/pod-product-compliance
Ingram Content Group UK Ltd.
Pitfield, Milton Keynes, MK11 3LW, UK
UKHW020329220726
13923UKWH00003B/1452